D1128454

A mi hijo Luis Miguel, para que nunca deje de perseguir sus sueños.
—Lola Walder

A mi pequeña estrella Yuri.
—Martina Peluso

Este libro está impreso sobre **Papel de Piedra**© con el certificado de **Cradle to Cradle**™ (plata). Cradle to Cradle™, que en español significa «de la cuna a la cuna», es una de las certificaciones ecológicas más rigurosa que existen y premia a aquellos productos que han sido concebidos y diseñados de forma ecológicamente inteligente.

Cuento de Luz™ se convirtió en 2015 en una **Empresa B Certificada**©. La prestigiosa certificación se otorga a empresas que utilizan el poder de los negocios para resolver problemas sociales y ambientales y cumplir con estándares más altos de desempeño social y ambiental, transparencia y responsabilidad.

Juanita - La niña que contaba estrellas

Calle Claveles, 10 | Urb. Monteclaro | Pozuelo de Alarcón | 28223 | Madrid | Spain
www.cuentodeluz.com
ISBN: 978-84-18302-04-6
1ª edición
Impreso en PRC por Shanghai Cheng Printing Company, enero 2021, tirada número 1826-2

JUANITA

La niña que contaba estrellas

Lola Walder

Martina Peluso

Juanita vivía en Santa Catarina Palopó, un pueblo muy bonito al borde de un precioso lago rodeado por tres volcanes gigantes.

Los volcanes son grandes chimeneas de tierra que cuando se enfadan echan mucho fuego y humo por un enorme agujero.

S
N
SAN PEDRO VOLCANO
TOLMAN VOLCANO
ATLITAN VOLCANO
SANTIAGO
SAN LUCAS
SANTIAGO ATLITAN
SAN PEDRO
SAN PEDRO LA LAGUNA
LAGO DE ATLITAN
SANTA CATERINA PALOPÓ
PANAJACHEL
SAN JUAN LA LAGUNA
SAN PABLO LA LAGUNA
SANTA CLARA LA LAGUNA
SAN MARCOS LA LAGUNA
SAN ANDRES
SANTA CRUZ LA LAGUNA
SOLOLÀ

El lago Atitlán es grande, muy grande. Al atardecer brilla como la panza de una ballena que toma el sol.

Las mujeres de Santa Catarina Palopó se ganan la vida tejiendo huipiles con hilos de seda, lana y algodón que venden a los turistas que visitan el lago.

Juanita era muy buena cocinera: su mamá le había enseñado a hacer unas crujientes y sabrosas tortitas, con el maíz que su papá traía de la cosecha.

En el pueblo de Juanita no hay motos ni automóviles: los vecinos van caminando a todas partes. Por eso el cielo parece transparente y por la noche se ven muchísimas estrellas.

A Juanita le gustaba contar las estrellas. Cada noche, en cuanto acababa de cenar, subía corriendo a la azotea de su casa, se tumbaba en un viejo colchón en el suelo y una... dos... tres... cuatro...diez... veinte... contaba y contaba hasta que oía la voz de su madre llamándola.

—¡Mijita, ven a dormir! Mañana tienes que levantarte temprano para ir a la escuela.

Un día, la mamá de Juanita se puso muy enferma y no pudo trabajar en su telar. Juanita intentó ayudarla cosiendo el huipil que tenía que entregar, pero como Juanita no sabía coser se pinchoteó todos los dedos y acabó llorando de dolor.

Juanita, muy triste, subió a la terraza y miró el cielo; aquella noche brillaba tanto que parecía que lo habían lavado con agua y jabón. Empezó a contar estrellas una... dos... tres... Estaba tan cansada que los ojos se le cerraban... seis, siete, ocho..., pero siguió contando... diez, once, doce... hasta que se quedó dormida.

De repente, oyó en sueños una voz cantarina que le decía:

—¿Por qué lloras, Juanita?

Juanita abrió los ojos y se asustó al ver delante de ella una pequeña estrella que también la miraba con unos ojos muy grandes.

—Juanita, ¿por qué lloras?

—Mi mamita enfermó y la cosecha de maíz se arruinó por culpa de la lluvia —dijo Juanita en voz muy baja, mirando asombrada a la estrella.

Mañana es la boda de doña Gladys y mi mamá no ha podido acabar su vestido de novia. La estrella contempló las yemas de los dedos de Juanita, llenas de pequeños agujeritos.

—Ya veo, y tú no sabes coser.

—No, señito.

Juanita escondió avergonzada las manos en las mangas de su blusa.

—Creo que yo te puedo ayudar —dijo la estrella muy sonriente.
La estrella frotó con cuidado dos de sus puntas hasta que una pequeña agujita dorada se desprendió y cayó al suelo.

Con la aguja mágica que le regaló la estrella, Juanita terminó a tiempo el huipil de boda de doña Gladys y con el dinero que ganó compró medicinas para su mamá.

Gracias a las medicinas, su mamá se curó y pudo seguir cosiendo y vendiendo huipiles. Con el dinero de los huipiles el papá de Juanita volvió a plantar otra cosecha de maíz, pero esta vez la lluvia fue abundante y el maíz creció y creció, así que Juanita pudo cocinar muchas tortitas de colores.

Hoy Juanita sigue contando estrellas y, aunque su estrella mágica no ha vuelto a visitarla, ella manda un beso cada noche a una pequeñita luz que resplandece en el cielo.

NOTA DE LA AUTORA

Desde hace tiempo, Guatemala forma parte de mi corazón: mi hijo ha formado allí una bonita familia y creo que cuando uno ama los lugares que visita, la tierra devuelve ese amor en forma de vivencias inolvidables.

Templos mayas, majestuosos volcanes, la mayoría activos, con el calor palpitando dentro de ellos, contrastan con el verde de los bosques tropicales. Ríos y lagos serpentean entre montañas por las que se escapan impresionantes cascadas de agua, alimentando de forma natural los extensos cultivos de café y maíz.

El maíz es el pan de Guatemala y el principal alimento para toda la población indígena a lo largo del año. Se cultivan muchas variedades y todas son de diferentes colores. Las mujeres preparan unas deliciosas ***tortitas*** de maíz blanco, amarillo, negro y colorado.

Los habitantes de este precioso país son amables y cariñosos.

A Juanita la conocí una mañana de sol. Ese día el lago Atitlán despertó tranquilo, navegamos en calma, visitando los pequeños pueblos que rodean el lago. Al llegar a Santa Catarina Palopó, una preciosa niña de siete años con el pelo negro azabache y la sonrisa mellada —le faltaban dos dientecitos— nos esperaba sentada en el embarcadero; vestía un precioso ***huipil*** bordado en tonos azules. Realmente parecía una pequeña princesa maya sentada en un trono de madera.

El ***huipil*** es un trozo de tela cuadrado con un agujero en el centro. Las mujeres y niñas guatemaltecas lo usan como blusa y en cada región los tejen de diferente colores.

Juanita vendía pulseras trenzadas de algodón, lo hacía para ayudar a su mamá, que a pocos metros de ella tejía sentada en el suelo, mientras mecía a un bebé de pocos meses que portaba a su espalda.

De vuelta a España, con la memoria empapada de recuerdos, las letras empezaron a correr por el papel hasta que Juanita formó parte de esta pequeña historia.

—Lola Walder